W0358245

Joker

Susie Morgenstern

Joker

Illustrations de Serge Bloch

Mouche

l'école des loisirs

11, rue de Sèvres, Paris 6e

De la même autrice à *l'école des loisirs*

Collection MOUCHE

Même les princesses doivent aller à l'école
Un jour, mon prince grattera
Sa majesté la maîtresse
Le fiancé de la maîtresse
La liste des fournitures
Halloween Crapaudine
Les fées du camping
Le bonheur est coincé dans la tête
Tu veux être ma copine ?
Supermoyen
Calisson
Princesse Atchoum
La classe pipelette
La princesse de la Serpillière
L'ennui cui-cui
Les hics du corps
Maître Joker

© 2021, l'école des loisirs, pour la présente édition
© 1999, l'école des loisirs, pour la première édition
Loi n° 49.956 du 16 juillet 1949 sur les publications destinées à la jeunesse : avril 1999
Dépôt légal : janvier 2023
Imprimé en France par l'imprimerie Clerc à Saint-Amand-Montrond

ISBN 978-2-211-31443-5

Pour David Hercky
qui connaît le plus grand joker de tous.

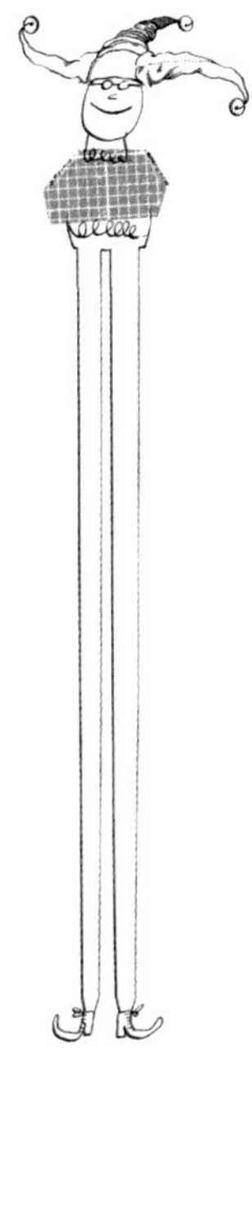

DISPOSITION DES FEUILLES
SUR LA TIGE
Schéma
d'une
feuille
Limbe
Nervures
Pétiole
Caroubier : A, fleur mâle ; B, fleur
femelle ; C, fruit.

En fait, ils étaient contents de retourner à l'école. L'été avait commencé à se faner et l'ennui s'était introduit dans leurs longues journées chaudes.

Secrètement, ils attendaient cette rentrée. Alors, même s'ils grognaient et se plaignaient, après tout, ils étaient contents. Et même s'ils avaient un petit peu peur du nouveau maître, il était grand temps de démarrer cette dernière année d'école primaire.

Il faut dire qu'ils ne s'attendaient pas à un tel maître. Il était là, assis comme une bûche à son bureau.

Charles se demanda comment c'était possible qu'un *nouveau* maître tout neuf soit aussi vieux. Maamar s'approcha pour vérifier qu'il ne voyait pas double, triple… ou quadruple. Est-ce que toutes ces crevasses étaient vraies ? Les élèves se regardaient avec effroi. Ils étaient franchement, carrément et totalement déçus. Ils espéraient un jeune maître beau et sportif et on leur avait donné un gros monsieur qui ressemblait à Dieu avec des cheveux blancs qui partaient dans tous les sens, des petites lunettes posées sur le bout du nez, et un ventre qui risquait fort d'être le seul ballon qu'ils verraient de l'année.

Ils furent également surpris par sa voix. Nina sursauta quand elle entendit cette tonalité basse et grave comme d'un autre monde.

Déconcertés aussi par les premiers mots émis par la voix. Ni « Bonjour », ni « Je m'appelle », ni « Asseyez-vous ». Simplement : « J'ai un cadeau pour vous. » Celui qui allait leur servir de maître mit un paquet-cadeau sur le bureau de chaque élève… comme s'il voulait faire oublier son physique et son âge. Il fit la distribution sans même les regarder.

Constance déchira son paquet et découvrit un jeu de cartes identique à celui des autres : un jeu de cartes, comme celui qu'on trouve dans le commerce avec les cœurs et les carreaux, les trèfles et les piques.

– Alors on va jouer aux cartes cette année ? demanda Bénédicte à voix haute, pensant à son papy qui passait ses journées à jouer.

Il lui avait appris à jouer à la belote. C'est elle qui s'aperçut la première que ce n'était pas un vrai jeu de cartes. Sur le dos de chacune était marqué JOKER. Sur la face il y avait diverses propositions.

Le maître tapota sur le bureau de Charles pour lui demander de lire ce qui était écrit sur les cartes. Charles se dit qu'on retournait aux temps préhistoriques où les gestes et les grognements remplaçaient la parole. Il obéit aux ordres muets du maître, et passa du simple étonnement à l'état de choc. Il lut :

UN JOKER POUR RESTER AU LIT
UN JOKER POUR NE PAS ALLER À L'ÉCOLE
UN JOKER POUR ÊTRE EN RETARD À L'ÉCOLE
UN JOKER POUR PERDRE SES DEVOIRS
UN JOKER POUR NE PAS FAIRE SES DEVOIRS
UN JOKER POUR OUBLIER SES FOURNITURES
UN JOKER POUR NE PAS ÉCOUTER LA LEÇON
UN JOKER POUR DORMIR EN CLASSE
UN JOKER POUR COPIER SUR LE VOISIN
UN JOKER POUR NE PAS ALLER AU TABLEAU
UN JOKER POUR NE PAS FAIRE UNE PUNITION

UN JOKER POUR MANGER EN CLASSE
UN JOKER POUR FAIRE DU BRUIT.

Charles n'en croyait pas ses yeux ni sa propre voix. Il se mit à toussoter. Le maître fit signe à Bénédicte de continuer la lecture :

UN JOKER POUR CHANTER À TUE-TÊTE
À N'IMPORTE QUEL MOMENT
UN JOKER POUR DANSER EN CLASSE
UN JOKER POUR QUITTER LA CLASSE
UN JOKER POUR FAIRE LE CLOWN
UN JOKER POUR DIRE UN MENSONGE
UN JOKER POUR FAIRE UN BISOU
AU MAÎTRE.

C'est là que Bénédicte craqua. Le maître fit signe à Maamar de lire à son tour :

UN JOKER POUR FAIRE UN CÂLIN
À QUI ON VEUT
UN JOKER POUR PRENDRE SON TEMPS
UN JOKER POUR UNE RÉCRÉ INTERMINABLE
UN JOKER POUR OUBLIER SES LIVRES
EN CLASSE
UN JOKER POUR ALLONGER LES VACANCES
LE JOKER DES JOKERS.

À la lecture des jokers, les élèves étaient stupéfiés et surexcités, mais l'année scolaire venait juste de commencer et il était définitivement trop tôt pour faire du bruit. Et puis la grosse voix fit tout un discours :

– Je m'appelle Hubert Noël. Depuis que je suis tout petit – et autrefois j'ai été petit –, on m'appelle le père Noël. C'est pour ça que je suis devenu instituteur: j'adore faire des cadeaux. J'ai l'intention de vous faire des cadeaux tous les jours. Cadeau de tout le programme, cadeau des livres, cadeau des techniques, cadeau des conjugaisons, cadeau des mathématiques, cadeau de la science, cadeau de tout ce que la vie m'a donné, y compris les cataclysmes!

– Qu'est-ce que ça veut dire «cataclysme», monsieur? demanda Constance.

– Bon, dit-il en prenant le dictionnaire. Voici encore un cadeau magique. Dans ce livre il y a la clef de tous les mots.

Il passa le dictionnaire ouvert au C à Constance. Elle comprit qu'il voulait qu'elle lise : « Cataclysme : grand bouleversement, destruction causée par un tremblement de terre, un raz de marée, une tornade. »

Il n'y eut que Charles qui fut assez près du maître pour l'entendre chuchoter d'une voix triste :

– Ou la mort d'un être proche et aimé. Utilisez ce mot trois fois et je vous en fais cadeau, il est à vous !

Charles n'était pas dupe. Il savait que ce n'était pas tous les jours qu'on pouvait utiliser le mot « cataclysme ».

– Vous pouvez ranger vos jeux de jokers. Je vous invite à vous en servir en cas de besoin. Tout de suite, je vous offre un autre cadeau.

Il distribua encore un paquet-cadeau. Les élèves purent constater qu'ils avaient tous le même livre : *David Copperfield* de Charles Dickens. C'était un gros livre écrit serré, sans illustrations, peu appétissant, même dégoûtant.

– Mais c'est pas un cadeau, monsieur, c'est écrit : « Propriété de l'école Paul-Éluard. »

– Même si ce livre ne vous appartient pas légalement, il est à vous à partir du moment où vous vous l'appropriez, c'est-à-dire du moment où vous le lisez. Je vous fais cadeau de l'histoire, des personnages, des mots, des phrases, des idées, des émotions. Une fois lu, tout ça sera à vous, pour toute la vie. Je vais commencer à vous le lire et vous le finirez pour la fin de la semaine.

Bénédicte ne put s'empêcher de crier :

– C'est impossible !

Elle déclencha une révolte à peine moins forte que la Révolution française. Tout le monde cherchait, sans le trouver dans son jeu, UN JOKER POUR NE PAS LIRE UN LIVRE. Le maître n'y fit pas attention. Il se mit à lire comme un acteur de la Comédie-Française :

– Puisque je dois être le héros de ce livre, je dirai tout d'abord que je suis né – du moins me l'a-t-on affirmé – un certain vendredi, à minuit. C'était à Blunderstone, dans le Suffolk. Les gens de ce pays croient fermement que les enfants nés un vendredi, en pleine nuit, sont destinés à être malheureux dans la vie et aussi qu'ils auront le privilège de voir des fantômes et des revenants.

Ils écoutèrent attentivement. C'était toujours ça de pris sur la lecture silencieuse.

À midi, les membres de la classe ne savaient pas s'ils étaient contents ou pas. Oui, sûrement, mais ce maître était trop bizarre. Il ne les accompagna pas à la cantine, comme pour épargner son énergie.

– Adieu la gym! dit Laurent avec amertume.

Mais le maître vint à la cantine à la fin du repas offrir encore un cadeau à chaque élève – et pas seulement aux siens –, une brosse à dents avec un tube de dentifrice. Et il les conduisit aux toilettes pour veiller à ce qu'ils s'en servent en faisant une démonstration.

– Les dents sont des bijoux. Conservez-les!

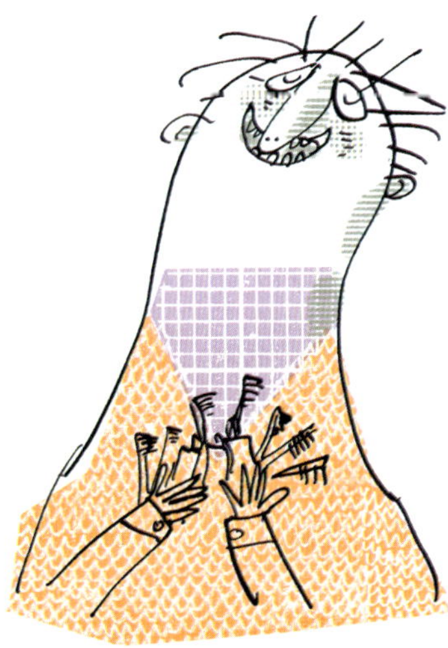

Ce fut Charles le premier à utiliser un joker. En pleine leçon de maths, il osa chanter « Allô, maman, bobo ». Le maître vint encaisser le joker, arrêta la leçon, distribua les paroles et annonça :

– On va tous chanter ! *Allons enfants de la patrie, le jour de gloire est arrivé.*

– On ne comprend rien, maître ! dit Serge.

– On n'a pas besoin de tout comprendre. On a besoin de s'en inspirer.

Charles passa la moitié de la nuit à lire *David Copperfield*. Il ne pouvait pas s'arrêter et, en plus, l'auteur s'appelait Charles comme lui. Peut-être viendrait-il en classe parler avec eux comme l'écrivain de l'année d'avant. Le matin, il était trop fatigué pour se lever.

– Je ne suis pas obligé, maman. J'ai un joker.

Sa mère n'était pas convaincue, mais Charles insista tant qu'elle finit par céder.

À 10 h 30, il eut envie d'aller en classe. Il y alla – donnant son joker pour entrer. Au moment où il le déposa dans la main du maître, il comprit avec tristesse qu'il venait de le perdre. Il chuchota à Bérangère :

– Tu me donnes ton JOKER POUR RESTER AU LIT contre tout ce que tu veux ?

– D'accord ! Je te le donne contre trois autres !

Charles accepta et lui en remit trois au hasard.

À la fin d'une autre semaine bizarre, Laurent dit :

– Il aurait dû nous donner UN JOKER POUR FAIRE DE LA GYM !

– J'aurais aimé UN JOKER POUR AMENER SON CHIEN À L'ÉCOLE, dit Charles.

Il avait déjà dépensé presque tous ses jokers, alors que Bérangère en avait de plus en plus grâce à ses échanges.

Laurent, lui, avait rangé précieusement tous ses jokers dans son cartable. Il les sortit, en chercha un et se mit à danser frénétiquement en plein milieu de la leçon d'histoire, pour bouger un peu. Le maître prit le joker, écarta les tables et dit:

– Je vais vous apprendre à danser le rock'n'roll.

Il brancha le lecteur de CD au niveau sonore le plus fort et, tout seul au centre de la salle de classe, il se mit à tourner comme un derviche.

Ce n'était peut-être pas le meilleur moment pour la visite inattendue de la directrice. N'empêche qu'il eut l'air heureux de la voir. Elle semblait être exactement la partenaire de rock qu'il cherchait.

Il prit sa main, enlaça sa taille de son bras et l'entraîna bien contre son gré dans la danse.

Elle le repoussa avec une telle force que le gros maître bascula contre les tables, ses lunettes tombèrent par terre et le bouton de son pantalon fut projeté en l'air.

– La directrice est un cataclysme! s'exclama Constance, contente de pouvoir enfin caser son mot.

– Je veux vous voir immédiatement! cria la directrice.

La directrice, Mme Incarnation Perez, n'était aimée de personne, sauf de son mari qui ne s'en était pas si mal sorti en mourant. Mme Perez vivait donc seule dans l'appartement de fonction de l'école, sans enfants, sans animaux. Personne ne l'avait jamais vue sortir le dimanche. Ce qu'elle faisait du matin au soir entre ses quatre murs était un mystère. Peut-être passait-elle son temps à chercher de nouvelles méthodes pour semer la terreur. Elle était détestée à l'unanimité, à l'exception de ce pauvre M. Noël, qui, bien que vieux, était trop neuf. Il n'avait pas encore eu le temps de l'observer ni d'écouter les histoires des autres instituteurs. En un mot, Incarnation Perez était folle. Elle avait peut-être ses raisons. Elle faisait subir aux maîtres et aux élèves de l'école Paul-Éluard une discipline militaire. Tout le monde savait qu'il y avait intérêt à obéir.

Mais Hubert Noël n'avait peur

de rien, ou presque – en tout cas pas d'Incarnation Perez. Il avait appris après bien des déboires que la vie, en fait, ce n'est pas si grave. Qu'est-ce qu'elle aurait bien pu lui faire ? Qu'est-ce qu'il risquait ?

Les seules choses qui lui faisaient peur, c'étaient les choses abstraites comme la haine. Non, lui, il visait toujours l'autre cime : l'amour. Et Incarnation Perez avait beau approcher la soixantaine, elle était encore mignonne. Il était content d'avoir pensé à lui apporter une bonne petite bouteille pour faire connaissance. Il frappa donc à sa porte.

Elle ne l'invita pas à s'asseoir. Il était 16 h 45. Elle lui lut de sa voix sèche et monotone les statuts de l'école et le Code civil sur les lois du travail. Il ne put pas placer un mot. Il n'écouta pas non plus. La station debout lui était pénible. Quand elle eut fini, elle se leva et ouvrit la porte pour l'expulser. Il sortit, la bouteille toujours à la main. Il ne voulait pas retourner dans ce bureau. Il rentra chez lui et la but en entier.

Une fois par semaine, M. Noël avait l'habitude d'emmener les élèves en promenade. Ce n'était pas la gym tant espérée par Laurent, bien au contraire. Ça faisait partie de ce que M. Noël appelait « les épreuves – ou le stress – de la vie ». Aujourd'hui, l'épreuve se nommait : « Envoyer une lettre par la poste. » À l'approche de Noël, les élèves n'avaient pas eu de mal à trouver des destinataires pour leurs cartes de vœux ou leurs paquets. Ils virent que la poste centrale de leur ville était gigantesque, avec des rangs de sièges vissés au sol.

M. Noël montra le distributeur de numéros. Chacun en prit un. Il y avait tellement de monde, que, en dépit du nombre de sièges, il n'y

en avait plus pour eux. Ils attendirent donc debout, guettant sur un petit écran l'apparition de leur numéro. Poireauter, être nulle part, mortel ennui. Maamar en profita pour chanter un tube en arabe. Il avait toujours ses jokers en poche. Constance essaya de faire une danse du ventre. Les gens les regardèrent comme s'ils s'étaient échappés du zoo. Quand tout le monde fut enfin passé au guichet, M. Noël leur dit :

– Vous voyez, c'est dur d'attendre son tour. Il faut beaucoup de patience dans la vie.

Il comptait les amener la semaine suivante à la gare pour essayer de faire une réservation de train par ordinateur.

Il arrivait à Incarnation Perez, certains dimanches insupportables dans son logement de fonction bien rangé, de se demander si elle était vivante ou morte. Parfois, elle avait vraiment l'impression de déambuler dans son propre tombeau. Elle aurait pu téléphoner, mais elle n'avait pas d'amis. Elle aurait pu nettoyer sa maison, mais c'était déjà impeccable. D'une façon ou d'une autre, les jours de la semaine passaient, mais le dimanche était épouvantable.

Hubert Noël s'arrangeait aussi pour survivre aux jours d'école, mais faire face aux congés était devenu difficile depuis la mort de sa femme. Ses enfants, ses petits-enfants vivaient dans d'autres régions et même dans d'autres pays. Il avait quatre enfants et onze petits-enfants. Il était content qu'ils vivent leur vie comme lui avait essayé de vivre la sienne. Ils se téléphonaient, ils s'écrivaient. Les enfants encourageaient leur père à acheter un ordinateur et à se mettre à la communication électronique. Mais ça ne lui disait rien. Et, du coup, il pensait à cette Incarnation Perez. Elle l'avait laissé tranquille depuis la séance dans son bureau. Ils s'évitaient mutuellement. Et même si quelques parents étaient étonnés par ses méthodes pédagogiques, car ils craignaient que leur enfant ne soit pas au niveau en sixième, ils étaient trop intelligents pour aller se plaindre à cette directrice.

Le trafic de jokers s'était calmé. Au goût d'Hubert Noël, les jokers dormaient trop tranquillement dans les cartables. Les élèves n'avaient pas besoin du JOKER POUR NE PAS ÉCOUTER LA LEÇON car les leçons étaient trop intéressantes. Ils n'avaient pas besoin du JOKER POUR NE PAS VENIR À L'ÉCOLE, ils avaient trop envie de venir à l'école. M. Noël leur rappela :

– N'oubliez pas qu'on a des jokers dans la vie. Tout joker que vous n'aurez pas utilisé mourra avec vous.

C'est alors, pendant la récréation et d'un commun accord, qu'ils décidèrent de profiter ensemble d'un des jokers.

Le maître était en train de distribuer l'un de ses cadeaux quotidiens, en l'occurrence une feuille d'interro. Lui-même ne sut plus ce qui lui arrivait. Un cataclysme. Ses oreilles bourdonnaient. La directrice accourut. Les élèves avaient utilisé LE JOKER POUR FAIRE DU BRUIT.

Et pour ajouter au bruit, Mme Perez hurla un « Monsieur Noël ! » à vous écorcher les tympans. « DANS MON BUREAU tout de suite ! »

Elle ne dit rien aux élèves. C'est le maître qui est responsable de ses élèves.

Avant d'y aller, il mendia auprès de Bénédicte l'un de ses jokers. Car, cette fois, Hubert Noël avait peur.

Incarnation Perez se tenait juste derrière la porte de son bureau, mijotant une forme d'humiliation adaptée. Elle vit la carte se glisser sous la porte. Elle ne voulait pas s'abaisser à la ramasser mais sa curiosité triompha.

Elle entendit s'éloigner les pas

de sa proie et elle lut : JOKER POUR NE PAS FAIRE DE PUNITION.

À son retour dans la classe, les élèves avaient préparé une autre surprise. Ils avaient installé une chaise au milieu de la classe et ils faisaient la queue devant la chaise vide. C'est Charles qui invita le maître à s'asseoir. Chacun avait un joker en main. Un à un, ils firent deux bisous sur les joues de M. Noël contre ce joker précieux. Pour le consoler, pour se consoler, il n'y a rien de tel qu'un baiser.

– Cinquante-quatre baisers ! lui dit Serge qui avait compté.

– Ah, les baisers, ça ne se compte pas ! dit le père Noël.

Personne ne remarqua Incarnation Perez à la porte. Elle repartit un peu triste… elle aurait bien aimé recevoir un baiser, elle aussi.

Les élèves avaient découvert que c'était bien plus drôle de dépenser un joker ensemble en bloc, et c'est pour ça que M. Noël se trouva devant une classe fantôme, à l'exception de Charles qui avait déjà dépensé son JOKER POUR

NE PAS ALLER À L'ÉCOLE. Charles, d'ailleurs, n'avait plus de jokers. Il les avait tous dilapidés.

M. Noël lui proposa de jouer aux échecs.

– Je ne sais pas jouer, maître.

– C'est pour ça que tu viens à l'école. Je vais t'apprendre.

Incarnation Perez rôdait, observait, espionnait. Indignée et un peu jalouse, elle décida d'entreprendre des démarches pour se débarrasser d'Hubert Noël.

Après la cantine, le maître invita Charles à inventer avec lui un nouveau jeu de jokers. Il ne lui avoua pas qu'il voulait l'offrir à Incarnation, mais il proposa d'autres sortes de jokers.

UN JOKER POUR SOURIRE.

Charles enchaîna avec UN JOKER POUR RIRE et UN JOKER POUR RACONTER UNE BLAGUE.

Ensemble, ils firent une liste :

UN JOKER POUR SE FAIRE PLAISIR

UN JOKER POUR FAIRE LA FÊTE

UN JOKER POUR CRIER « CHAMPIONS DU MONDE ! »

UN JOKER POUR UN BAIN MOUSSANT

UN JOKER POUR UN BAIN DE SOLEIL

UN JOKER POUR DIRE MERDE

UN JOKER POUR POSER UNE QUESTION INDISCRÈTE

UN JOKER POUR UN CAPRICE

UN JOKER POUR INVITER LES AMIS

UN JOKER POUR ORGANISER UN PIQUE-NIQUE

UN JOKER POUR UNE PROMENADE AU BORD DE LA MER

UN JOKER POUR UNE RANDONNÉE EN MONTAGNE

UN JOKER POUR INVENTER UN COUPLET
UN JOKER POUR FAIRE UN TOUR
DE MANÈGE.

C'est Charles, dont la grand-mère était comme ça, qui voulut ajouter :

UN JOKER POUR AIDER L'HUMANITÉ
UN JOKER POUR EMBRASSER UN VIEUX
UN JOKER POUR VISITER UN MALADE.

Charles et le maître passèrent l'après-midi à fabriquer ce jeu de jokers en plusieurs exemplaires. Hubert Noël était tellement content de cette nouvelle création de jokers qu'il en garda un jeu dans sa poche. Avant de quitter l'école, il tira la carte JOKER POUR SE FAIRE PLAISIR. Il s'arrêta net, réfléchit et se rendit compte que c'était encore une de ces choses qui est plus facile à dire qu'à faire. Et puis, il décida de s'offrir un bon repas au restaurant Couscous Royal. C'était avant qu'Incarnation ne lui tombe dessus et qu'il perde l'appétit.

– C'est inadmissible ! Vingt-six élèves d'une même classe absents ! J'ai appelé les parents et ils m'ont tous raconté la même chose : une histoire abracadabrante de jokers et d'absence autorisée. Par qui ?

Le maître allait dire quelque chose, mais elle ne lui en donna pas l'occasion.

– Vos prétendues méthodes sont lamentables. Vous démolissez les chances de ces enfants. Vous détruisez les bons résultats de mon établissement. Je ne tolérerai plus votre anarchie. Vous ne formerez pas des anarchistes !

Le maître ne put s'empêcher de sourire. Mais son sourire n'eut aucun effet sur sa directrice – alors qu'il aurait aimé aider l'humanité en l'aidant à se dégeler. En fait, il voulait l'inviter à manger le couscous avec lui. Au lieu d'aller au bout de sa pensée, il lui offrit le jeu de jokers qu'il avait dans sa poche et s'enfuit.

En fin de compte, il n'alla pas au restaurant. Il mangea le reste des pâtes de la veille et il s'endormit devant la télé.

La vie lui soufflait des idées.

– On va faire quelque chose de très important aujourd'hui. On va faire un pacte.

Les élèves furent impressionnés.

– D'abord, on va faire le tour de la classe et vous allez me dire ce que vous avez fait hier soir.

À vingt-sept reprises la réponse fut : « J'ai regardé la télé. »

– Très bien. Maintenant vous allez écrire ce que vous avez vu, faire un petit résumé et une évaluation : bien, moyen, nul.

– Je ne me rappelle pas, monsieur ! répondit en chœur la classe.

– Bon, essayez de vous souvenir si c'était bien.

Il ramassa les feuilles et compta les évaluations qu'il écrivit sur le tableau :

2 « super »
2 « bien »

4 «nul»
8 «oublié»
11 «moyen»

– Moi-même, je me suis endormi tellement c'était passionnant. Alors si la grande majorité est d'accord pour admettre que les programmes sont moyens, est-ce qu'on ne ferait pas mieux de s'en passer ?

Les élèves ne voyaient pas où il voulait en venir.

– Je veux vous proposer un pacte : choisissez un soir par semaine pendant lequel vous ne regarderez pas la télé.

On aurait dit qu'il avait poignardé le pauvre Charles, qui avait sa propre télé dans sa chambre.

– Ce n'est pas possible, monsieur.

– On peut essayer ?

Tout le monde signa le pacte, sauf Charles.

Le maître n'arrêtait pas d'avoir des idées. Bon, toutes les idées n'étaient pas du goût de tout le monde – le pacte télé, par exemple. Mais tout le monde aimait l'effet de surprise de ses idées les plus saugrenues. Et tout le monde était d'accord pour penser qu'Hubert Noël avait le punch d'un jeune maître, tout le monde sauf… Incarnation Perez !

L'une des innovations de M. Noël était une sorte de boîte aux lettres – la boîte à discussions – où les élèves étaient censés déposer des sujets à creuser pendant leur forum hebdomadaire.

Tous les vendredis, un élève tirait un sujet au hasard. Ce jour-là, Bénédicte déplia la feuille et rougit jusqu'au blanc des yeux. Elle n'arrivait pas à prononcer le mot inscrit.

Elle toussota, se racla la gorge, eut un fou rire, mais resta muette. Maamar vint à sa rescousse, mais il fit la carpe aussi. Le papier fit le tour de la classe comme une pomme de terre brûlante que l'on se passe de main en main.

Finalement, il tomba sur Charles qui n'eut aucun mal à lire le sujet avec un dédain évident pour les autres : « Faire l'amour ! »

De nouveaux gloussements secouèrent la classe.

– Mais qu'est-ce qui vous prend ? demanda le maître.

– C'est dégoûtant, monsieur, dit Laurent.

– Je ne vois pas en quoi, Laurent.

La porte s'ouvrit au moment où le père Noël s'exclamait :

– Aucun de vous ne serait là si vos parents n'avaient pas fait l'amour !

Les yeux d'Incarnation Perez s'écarquillèrent. Elle hurla :

– Monsieur Noël, suivez-moi !

Il n'y avait pas de JOKER POUR NE PAS SUIVRE LA DIRECTRICE.

La lame de la guillotine tomba vite. Mme Perez remit à l'instituteur la lettre qu'elle avait reçue le matin même, une lettre qui satisfaisait sa demande de ne pas renouveler les fonctions d'Hubert Noël, qui serait enfin obligé de prendre sa retraite.

Hubert Noël fut terrassé.

Il retourna dans sa classe la tête haute. S'il se déclarait vaincu en ce qui concernait Incarnation Perez, il était encore le maître de son CM2 jusqu'au dernier jour d'école.

Les élèves furent mis au courant des problèmes du maître.

La semaine précédant les grandes vacances, M. Noël fit une grimace aux élèves, auxquels il adressa la question suivante :

– Qui pensez-vous que j'admire le plus : celui qui s'est servi de ses jokers ou celui qui les a gardés dans le cartable ?

Bérangère, fière de son stock constitué grâce au juteux trafic de jokers, leva la main.

– Celui qui ne les a pas dépensés, monsieur.

– Tu n'y es pas du tout ! Si je vous ai donné ces jokers, c'était pour en profiter ! Maintenant c'est trop tard !

Un silence recouvrit la classe, silence peut-être peuplé de regrets.

– Quand on naît, on a automatiquement des jokers. Quels sont ces jokers ?

Charles, le plus fin connaisseur en matière de jokers, cria :

– LE JOKER POUR VIVRE.

– Oui ! dit le maître, et quoi encore ?

– LE JOKER POUR MARCHER, dit Laurent.

– LE JOKER POUR PARLER, copia Bérangère.

– LE JOKER POUR APPRENDRE À LIRE.

– LE JOKER POUR APPRENDRE LES LANGUES.

Tout le rang de Bénédicte continua avec des jokers pour apprendre l'histoire, la géo, la biologie et tous les domaines du savoir.

– LE JOKER POUR LE SPORT, dit Laurent avec amertume.

– LE JOKER POUR AIMER, ajouta rêveusement Bénédicte.

– LE JOKER POUR ÊTRE HEUREUX.

– LE JOKER POUR PLEURER.

– LE JOKER POUR DÉCIDER.

Charles ne put s'empêcher d'apporter sa contribution :

– LE JOKER POUR PARLER D'AMOUR.

– Oui, je pense que vous avez compris, maintenant. Notre naissance nous a donné tous ces jokers. Il vaut mieux les dépenser ! Demain on va faire une fête d'anniversaire collectif pour célébrer la vie et ses jokers. Je me charge du gâteau.

C'est Charles, encore, qui eut l'idée du cadeau pour le maître. C'était une idée risquée.

Hubert Noël offrit un dernier cadeau à chacun de ses élèves, un cahier blanc sur lequel il avait écrit : « JOKER POUR RACONTER MA VIE. »

Charles lui offrit alors une enveloppe gigantesque. Le maître l'ouvrit et lut ce qui était écrit à l'encre d'or :

Le maître rit de bon cœur et dit avant d'embrasser tous ses élèves :

– Oui, il y a un temps pour tout.

À la fin de la dernière semaine, il ramassa son joker, quitta l'école sans un mot à Incarnation Perez et alla tout droit au Couscous Royal.